John Maynard Keynes

Perspectives pour nos petits-enfants

1930-2030

JDH Éditions

Les Atemporels

Les Atemporels

Qu'il s'agisse d'œuvres du vingtième siècle, du dix-neuvième, du dix-huitième ou encore plus tôt…

Qu'il s'agisse d'essais, de récits, de romans, de pamphlets…

Ces œuvres ont marqué leur époque, leur contexte social, et elles sont encore structurantes dans la pensée et la société d'aujourd'hui.

La collection « Les Atemporels » de JDH Éditions, réunit un choix de ces œuvres qui ne vieillissent pas, qui ont une date de publication (indiquée sur la couverture) mais pas de date de péremption. Car elles seront encore lues et relues dans un siècle.

La plupart de ces atemporels sont préfacés par un auteur ou un penseur contemporain.

©2022. EDICO
Édition : JDH Éditions
77600 Bussy-Saint-Georges. France

Imprimé par BoD – Books on Demand, Norderstedt, Allemagne

Réalisation et conception couverture : Cynthia Skorupa

Préfacé par Jean-David Haddad
Traduit de l'anglais par Alice Briar

ISBN : 978-2-38127-243-6
ISSN : 2681-7616
Dépôt légal : février 2022

PRÉFACE

Quel étudiant en économie, en droit, en école de commerce, en science politique, en histoire ou même en philosophie, n'a pas entendu parler de John Maynard Keynes ? Maynard pour ses intimes de l'époque, le Londres des Années Folles… Ses intimes parmi lesquels on peut compter Virginia Woolf, avec laquelle il entretenait une relation fusionnelle d'une complicité indéfectible, au point que cette dernière, figure de la littérature anglaise et fondatrice du féminisme moderne, en fit le héros d'une de ses nouvelles, « *Lappin et Lapinova* ». Lappin (avec deux p), c'était Maynard, et Lapinova (avec un seul p), sa femme, une danseuse russe, un mariage qui lui valut d'ailleurs l'étonnement de la bourgeoisie londonienne.

Maynard était l'homme de bon goût, ironique, gaillard de plus de deux mètres, portant la moustache avec élégance, féru de liberté, de philosophie, d'opéra, fermier à ses heures, amant d'un jour ou d'une vie, qui fréquentait le groupe de Bloomsbury, un groupe d'artistes et d'intellectuels, à vocation athées, pacifistes et libérés.

Keynes était l'économiste, auteur de la fameuse et rébarbative *Théorie générale de l'emploi, de l'intérêt et de la monnaie*, qui hante encore les nuits des étudiants en économie du monde entier, plus de 75 ans après sa mort.

La postérité a retenu Keynes plus que Maynard, qui restera uniquement dans le souvenir des passionnés de l'histoire et de la littérature anglaise d'avant-guerre.

Pourquoi Keynes est-il si important ? Pourquoi aujourd'hui encore les médias n'hésitent-ils pas à parler de politique keynésienne pour désigner une politique économique basée sur le fait d'investir dans l'économie, de créer des infrastructures, d'accroître les impôts, de favoriser la demande et non l'offre ? Car l'économiste anglais a marqué la pensée économique avec la volonté de renverser les pratiques libérales consistant à vouloir laisser faire le marché, des pratiques inspirées de théories qui dominaient la pensée économique des pays libres jusqu'à ce que Keynes produise sa théorie du multiplicateur, et bien d'autres… On lui attribue, à tort, d'avoir inspiré le New Deal mis en place par Roosevelt aux États-Unis. Une période d'interventionnisme sans précédent de l'État dans l'économie, pour le jeune pays, encore fraîchement indépendant et récemment réconcilié avec lui-même. Mais le New Deal a commencé en 1934 alors que la parution de la *Théorie générale* de Keynes date de 1936… Cependant, ils convergent… Ce qui est normal, car à cette époque, après la crise de 1929, le monde libre anglo-saxon s'interrogeait comme jamais sur la pertinence de son modèle économique libéral. Un questionnement qui n'a fait que s'amplifier avec la montée du fascisme et du nazisme en Europe, imputés à la pauvreté, à l'exclusion provoqués par les mécanismes du marché. Fascisme et nazisme contre lesquels Keynes a lutté avec un patriotisme absolu aux côtés de Churchill. Au Trésor, où il travailla bénévolement, il organisa le financement de l'effort de guerre, avant de réunir une commission pour réfléchir au financement du système de sécurité sociale proposé par Beveridge. Son ami Churchill l'envoya ensuite négocier avec les États-Unis la réforme du système monétaire international projetée par les Alliés. Bien que Keynes ne vît pas le monde d'après-guerre, emporté par un infarctus en 1946, à 62 ans seulement, ce monde fut le sien. Un monde basé sur la demande. Et les Trente Glorieuses, même s'il ne les vit pas, il les avait anticipées dans un très court essai paru en 1930, peu publié depuis, mais que JDH Éditions, dans sa collection Les Atemporels, a souhaité traduire et publier. Il a pour titre : *Perspectives pour nos petits-enfants*.

On y retrouve Keynes, le brillant économiste, qui prédisait que l'accumulation du capital mènerait à une ère de prospérité sans guerre majeure, mais il avertissait que le chemin serait long avant que l'être humain ne se trouve en quelque sorte libéré de lui-même. Il s'inquiétait du remplacement de l'homme par la machine, si vrai aujourd'hui. On y retrouve le calculateur, l'homme du Trésor avec ses livres sterling, ses schillings et ses taux d'intérêt. Mais on y retrouve aussi Maynard, le philosophe, l'humaniste, avec ses fulgurances faites d'ironie et d'humour anglais.

Il tentait de penser les cent ans qui allaient arriver, visant donc les années 2030. Des années au terme desquelles l'Homme ne sera pas encore arrivé à se transcender, malgré l'accumulation du capital. Car pour cela, il faudrait se débarrasser de la bonne moralité qui gênait aussi bien Maynard que Keynes : « *Nous devrions être capables de nous débarrasser de bon nombre de principes pseudo-moraux qui nous ont tourmentés pendant deux cents ans, par lesquels nous avons placé parmi les plus répugnantes des qualités humaines au statut des plus hautes vertus.* » La crainte de l'asservissement de l'Homme à l'argent l'obsédait également. En bon protestant (de culture mais non de croyance), il ne rejetait pas cet asservissement, mais pensait qu'il fallait s'en servir pour finalement s'en débarrasser : « *L'avarice, l'usure et la prudence doivent rester nos dieux pour quelque temps encore, car elles sont les seules à pouvoir nous conduire au bout du tunnel de la nécessité économique, pour entrevoir la lumière.* »

Aujourd'hui, l'homme est à tort conspué par les économistes libéraux. Caricaturée, sa pensée n'était pas anticapitaliste, bien au contraire. Keynes était favorable aux mécanismes de marché, à l'entrepreneur, à la liberté sous toutes ses formes. Il préconisait seulement que l'État intervienne pour aider les plus pauvres, les chômeurs, en favorisant la demande, particulièrement en période de crise et beaucoup moins en période de prospérité. Sa pensée a par contre été accaparée, et déformée par les gauchistes, les étatistes, les pourfendeurs de liberté entrepreneuriale, pour justifier les impôts, la perfidie de l'entreprise… Il faut dire que cela fait meilleur effet de se référer à Keynes qu'à Marx…

Après avoir préfacé George Orwell, après avoir préfacé René Guénon, je me devais, en tant qu'économiste, de préfacer John Maynard Keynes, et en tant qu'éditeur, d'éditer ce court essai pour faire découvrir la vraie pensée du grand bonhomme, tant à ceux qui la galvaudent à leurs fins qu'à ceux qui la conspuent sans vraiment connaître ses tréfonds. Des tréfonds qu'on aperçoit clairement dans ce court essai visionnaire.

Œuvres essentielles

La Monnaie et les finances de l'Inde (1913)

Les Conséquences économiques de la paix (1919)

Traité des probabilités (1921)

Essai sur la réforme monétaire (1923)

Les Conséquences économiques de M. Churchill (1925)

Traité sur la monnaie (1930)

Théorie générale de l'emploi, de l'intérêt et de la monnaie (1936)

Keynes a également publié des textes philosophiques, parmi lesquels on peut classer le texte faisant l'objet de la présente publication.

I

Nous subissons actuellement une terrible crise de pessimisme économique. Il est courant d'entendre les gens dire que l'époque des grands progrès économiques, qui caractérise le XIXe siècle, est révolue ; que la rapide amélioration des conditions de vie va maintenant ralentir – en tout cas en Grande-Bretagne ; qu'un déclin de la prospérité est plus probable qu'une amélioration au cours de la décennie qui nous attend.

Je crois qu'il s'agit là d'une interprétation fort erronée de ce qu'il nous arrive. Nous souffrons, non pas des rhumatismes liés à un âge avancé, mais des douleurs de croissance venant de changements trop rapides, du tourment du rajustement entre une période économique et la suivante. L'efficacité technique a augmenté plus vite que notre capacité à gérer le problème de l'absorption de main-d'œuvre ; l'amélioration des conditions de vie a été légèrement trop rapide ; le système bancaire et monétaire mondial a évité au taux d'intérêt de chuter aussi rapidement que l'équilibre ne l'exige. Et malgré cela, le gaspillage et la confusion qui en résultent ne représentent pas plus de 7,5 % du revenu national ; cette pagaille nous coûte 1 shilling et 6 pence par livre, et nous n'avons que 18 shillings et 6 pence, alors que, si nous étions plus raisonnables, nous pourrions disposer d'une livre ; néanmoins, 18 shillings et 6 pence aujourd'hui revêtent tout de même une valeur égale à celle de la livre cinq ou six ans plus tôt. Nous oublions qu'en 1929, le rendement physique de l'industrie britannique était plus important que jamais, et que, l'an dernier, le surplus net de notre solde extérieur disponible pour notre nouvel investissement étranger, une fois toutes nos importations payées, était plus conséquent que tous ceux des autres pays, étant effectivement 50 % plus important que le surplus des États-Unis. Ou encore, s'il est besoin de comparer, supposons que nous réduisions nos salaires de moitié, que nous refusions de payer les quatre cinquièmes

7

de la dette nationale et que nous stockions nos richesses supplémentaires en or stérile au lieu de les prêter à un taux de 6 % ou plus, nous ressemblerions alors à un pays très envié aujourd'hui : la France. Mais cela représenterait-il un progrès ?

La dépression mondiale prépondérante, l'énorme anomalie du chômage dans un monde rempli de besoins, les erreurs désastreuses que nous avons commises, tout cela nous rend aveugles à ce qu'il se passe sous la surface et à la véritable interprétation du cours des évènements. Car je prédis que les deux erreurs opposées du pessimisme, qui font aujourd'hui beaucoup de bruit dans le monde entier, seront démenties à notre époque : le pessimisme des révolutionnaires qui pensent que les choses vont si mal que rien ne peut nous sauver à part un changement violent, et le pessimisme des réactionnaires qui considèrent l'équilibre de notre vie économique et sociale si précaire que nous ne devons risquer aucune expérimentation.

Cela dit, mon but à travers cet essai n'est pas d'examiner le présent ou le futur proche, mais de me débarrasser des vues sans perspective et de m'envoler vers l'avenir. À quel niveau de notre vie économique pouvons-nous raisonnablement nous attendre d'ici cent ans ? Quelles sont les perspectives économiques pour nos petits-enfants ?

Depuis l'époque la plus reculée que nous ayons connue, c'est-à-dire de 2 000 ans avant J.-C. jusqu'au début du XVIIIe siècle, il n'y a eu que très peu de changements dans les conditions de vie de l'homme moyen vivant dans les centres civilisés de la terre. Il y a eu des hauts et des bas, sans nul doute : l'apparition de la peste, la famine et la guerre, ponctuées de parenthèses dorées. Mais aucun changement progressif ni violent. Peut-être que certaines périodes ont été meilleures que d'autres à hauteur de 50 %, admettons même de 100 % au maximum, au cours des 4 000 ans qui ont pris fin aux alentours des années 1700.

Cette lenteur du progrès, ou ce manque de progrès, était dû à deux raisons : l'absence notoire d'importants progrès techniques, et l'échec d'accumulation du capital.

Comparativement, l'absence d'inventions techniques importantes entre l'ère préhistorique et les temps modernes est véritablement remarquable. Presque tout ce qui compte vraiment et que le monde possédait au commencement de l'âge moderne était déjà connu de l'Homme à l'aube de l'Histoire. Le langage, le feu, les mêmes animaux domestiques que nous avons aujourd'hui, le blé, l'orge, les vignes, les olives, la charrue, la roue, la rame, la voile, le cuir, le lin, les étoffes, les briques, les marmites, l'or, l'argent, le cuivre, l'étain, le plomb – le fer fut ajouté à la liste en 1000 avant J.-C. – la gestion bancaire, l'habileté politique, les mathématiques, l'astronomie et la religion. Aucun document n'atteste de l'époque où nous avons possédé toutes ces choses pour la première fois.

À une certaine époque avant l'aube de l'Histoire, peut-être même pendant l'une des pauses agréables avant le dernier âge de glace, il a dû y avoir une ère de progrès et d'inventions comparable à celle que nous vivons aujourd'hui. Mais à travers une grande partie de l'Histoire documentée, il n'y avait rien de ce genre.

Je pense que l'âge moderne a commencé avec l'accumulation de capital qui débuta au XVIe siècle. Pour certaines raisons, que je n'exposerai pas afin d'éviter d'encombrer le présent débat, je crois que tout ceci a été dû dans un premier temps à la hausse des prix, et aux profits auxquels elle a conduit, ce qui résulta du trésor d'or et d'argent que l'Espagne ramena du Nouveau Monde dans l'Ancien. Entre cette époque et aujourd'hui, le pouvoir de l'accumulation par intérêts composés, qui semble être resté endormi pendant de nombreuses générations, renaît et regagne sa force. Et le pouvoir des intérêts composés pendant deux cents ans dépasse l'imagination humaine.

Laissez-moi illustrer cette idée avec une somme que j'ai calculée. Aujourd'hui, la valeur des investissements étrangers britanniques est estimée à environ 4 milliards de livres. Cela nous apporte un rendement d'environ 6,5 %. Nous en ramenons la moitié chez nous et en profitons ; l'autre moitié, à savoir 3,25 %, nous la laissons s'accumuler à l'étranger au taux de l'intérêt composé. Des choses de ce genre se produisent depuis environ 250 ans.

Je fais en effet remonter les débuts des investissements étrangers britanniques au trésor que Drake vola à l'Espagne en 1580. Cette année-là, il retourna en Angleterre en ramenant avec lui le prodigieux butin du *Golden Hind*. La reine Elizabeth était une actionnaire considérable au sein du syndicat qui avait financé l'expédition. Avec sa part, elle remboursa intégralement la dette extérieure de l'Angleterre, rétablit un budget équilibré et se retrouva avec environ 40 000 livres à sa disposition. Elle investit cette dernière somme dans la Levant Company, qui prospéra. La East India Company fut fondée sur les profits de la Levant Company ; et les bénéfices de cette grande entreprise représentèrent les fondations des importants investissements étrangers de l'Angleterre. Aujourd'hui, 40 000 livres accumulées à un intérêt composé de 3,25 % correspondent approximativement au volume actuel des investissements étrangers de l'Angleterre à diverses dates, et s'élèverait aujourd'hui, à vrai dire, au total de 4 milliards de livres que j'ai déjà évoqué comme étant nos investissements étrangers actuels. De ce fait, chaque livre que Drake avait ramenée sur le Vieux Continent en 1580 est aujourd'hui devenue 100 000 livres. Tel est le pouvoir de l'intérêt composé !

À partir du XVIe siècle, avec un crescendo cumulatif après le XVIIIe, la grande époque de la science et des inventions techniques débuta, et connut sa pleine puissance dès le début du XIXe : le charbon, la vapeur, l'électricité, le pétrole, l'acier, le caoutchouc, le coton, les industries chimiques, la machinerie automatisée, les méthodes de production en masse, la technologie sans-fil, l'imprimerie, Newton, Darwin, Einstein, et les milliers d'autres choses et d'autres hommes trop célèbres et trop connus pour tous les lister ici.

Pour quel résultat ? En dépit d'une énorme croissance de la population mondiale, qu'il a été nécessaire d'équiper avec des maisons et des machines, les conditions de vie moyennes en Europe et aux États-Unis ont été améliorées ; je dirais qu'elles sont environ 4 fois supérieures à ce qu'elles étaient par le passé. La croissance du capital est près de 100 fois plus importante que ce qu'avait connu n'importe quelle époque précédente. Et désormais, nous n'avons pas besoin de nous attendre à une croissance démographique aussi importante.

Si le capital s'accroît, disons, de 2 % par an, les biens d'équipement mondiaux auront augmenté de 50 % dans vingt ans, et de 750 % dans cent ans. Pensez à cela en termes de choses matérielles : maisons, moyens de transport, etc.

Dans le même temps, les progrès techniques dans la production et le transport auront poursuivi à un taux plus élevé dans les dix dernières années que dans toute l'Histoire passée. Aux États-Unis, en 1925, la production industrielle par tête était de 40 % supérieure à celle de 1919. En Europe, nous sommes retenus par des obstacles temporaires ; néanmoins, nous pouvons dire que l'efficacité technique augmente de plus de 1 % par an. Il est évident que les changements techniques révolutionnaires, qui ont jusque-là majoritairement affecté l'industrie, s'attaqueront bientôt à l'agriculture. Nous pourrions être à l'aube d'améliorations quant à l'efficacité de production alimentaire aussi importantes que celles qui ont déjà pris place dans l'exploitation minière, la production et le transport. D'ici quelques années – j'entends par là de notre ère – nous pourrions être capables de réaliser toutes les opérations agricoles, minières et industrielles avec un quart des efforts humains auxquels nous avons été habitués.

Pour le moment, la grande rapidité de ces changements nous fait du mal et apporte des problèmes complexes à résoudre. Les pays qui ne sont pas à l'avant-garde du progrès sont ceux qui souffrent de façon relative. Nous sommes accablés par une nouvelle maladie dont quelques lecteurs ne connaissent peut-être pas encore le nom, mais dont ils entendront beaucoup parler dans les années à venir – appelons-la : le chômage technologique. Cela signifie du chômage dû à notre découverte de moyens visant à économiser l'utilisation de la main-d'œuvre, dépassant la vitesse à laquelle nous pouvons trouver de nouvelles utilités à cette même main-d'œuvre.

Mais ce n'est qu'une phase d'inadaptation temporaire. Sur le long terme, tout ceci signifie que l'Homme résout son problème économique. Je prédis que d'ici cent ans, les conditions de vie des pays progressistes seront entre 4 et 8 fois supérieures à celles d'aujourd'hui. Il n'y aurait rien de surprenant à cela, même à la lumière de nos connaissances actuelles. Il ne serait pas imprudent d'envisager la possibilité d'un progrès encore plus grand dans l'avenir.

II

Supposons, pour le raisonnement, que d'ici cent ans, nous ayons tous une situation économique en moyenne 8 fois meilleure qu'aujourd'hui. Cela ne nous surprendrait certainement en rien.

Maintenant, il est vrai que les besoins des êtres humains puissent sembler insatiables. Mais ils se rangent dans deux catégories : les besoins qui sont absolus, dans le sens où nous les ressentons quelle que soit la situation de nos semblables, et ceux qui sont relatifs, c'est-à-dire que nous ressentons uniquement si leur satisfaction nous élève au-dessus de nos congénères, nous donne l'impression de leur être supérieurs. Les besoins de la deuxième catégorie, ceux qui satisfont le désir de supériorité, peuvent en effet être insatiables, car plus haut s'élève le niveau général, plus haut ils restent. Mais cela n'est pas tout à fait exact pour les besoins absolus – un point pourrait être bientôt atteint, peut-être bien plus tôt que nous n'en avons conscience, où ces besoins seraient satisfaits dans le sens où nous préfèrerions consacrer nos énergies supplémentaires à des fins non économiques.

Je vais à présent vous servir ma conclusion, et je crois que plus vous y penserez, plus vous la trouverez surprenante à imaginer.

La voici : en partant du principe qu'il n'y ait aucune guerre importante ni une grande augmentation de la population, le problème économique serait résolu, ou, au moins, aurait une solution visible, d'ici cent ans. Si nous regardons vers l'avenir, cela signifie que le problème économique n'est pas le problème permanent de l'espèce humaine.

Vous vous demandez sûrement : pourquoi est-ce si surprenant ? Ça l'est parce que si au lieu de regarder vers le passé, nous nous tournions vers l'avenir, nous découvririons que le problème économique et la lutte pour la survie ont toujours été le problème principal et le plus urgent non seulement de l'espèce humaine, mais aussi de tout l'univers biologique depuis les débuts de la vie sous ses formes les plus primitives.

Ainsi, nous avons expressément évolué grâce à la nature, avec toutes nos impulsions et nos instincts ancrés au plus profond de nous, dans le but de résoudre le problème économique. Si ce problème économique est résolu, l'humanité sera privée de son objectif traditionnel.

Cela nous serait-il bénéfique ? Si l'on croit aux réelles valeurs de la vie, au moins, cette perspective offre la possibilité d'un bénéfice. Pourtant, j'appréhende le rajustement des habitudes et des instincts de l'homme ordinaire, ancrés en lui depuis d'innombrables générations, qu'on pourrait lui demander d'abandonner d'ici quelques décennies.

Pour utiliser le langage actuel, ne devons-nous pas nous attendre à une « dépression nerveuse » générale ? Nous avons déjà une petite expérience de ce que j'entends par là – un genre de dépression nerveuse qui est déjà assez courante en Angleterre et aux États-Unis parmi les femmes des classes aisées, ces nombreuses malheureuses qui ont été dépossédées de leurs traditionnelles tâches et occupations à cause de leur richesse – ces femmes qui ne trouvent pas suffisamment d'amusement à cuisiner, nettoyer et raccommoder, lorsqu'elles sont privées de la stimulation de la nécessité économique, et qui, pourtant, sont plutôt incapables de trouver autre chose de plus divertissant.

Pour ceux qui se tuent à la tâche pour gagner leur pain quotidien, le loisir est une friandise très attendue, jusqu'à ce qu'ils l'obtiennent.

Voici l'épitaphe traditionnelle écrite par la vieille femme de ménage pour sa propre pierre tombale :

Ne pleurez pas pour moi, mes amis, ne versez jamais une larme pour moi,
Car je ne ferai rien jusqu'à la fin des temps.

C'était là son paradis. Comme d'autres attendent le loisir avec impatience, elle comprit comme il serait agréable de passer son temps à écouter de la musique – car il y avait une autre strophe à son poème :

Avec des psaumes et une douce musique, les cieux sonneront,
Mais je n'aurai rien à voir avec le chant.

Pourtant, la vie ne sera tolérable que pour ceux qui ont quelque chose à voir avec le chant, et nous sommes si peu nombreux à pouvoir chanter !

Ainsi, pour la première fois depuis sa création, l'Homme devra faire face à son véritable problème permanent : comment employer sa liberté arrachée aux besoins économiques urgents, comment occuper son temps libre, que la science et l'intérêt composé auront gagné pour lui, en vivant sagement, agréablement et dans de bonnes conditions.

Les éprouvantes affaires lucratives réfléchies peuvent tous nous amener sur le chemin de l'abondance économique. Mais ce seront ces personnes-là, qui peuvent garder en vie et cultiver jusqu'à une certaine perfection l'art de la vie elle-même et ne pas se vendre pour assurer leur survie, qui seront capables de profiter de l'abondance lorsqu'elle viendra.

Cela dit, je pense qu'il n'existe aucun pays ni aucune personne qui puisse attendre avec impatience l'ère du loisir et de l'abondance sans crainte. Car, pendant trop longtemps, nous avons été entraînés à nous tuer à la tâche et non à profiter. Il s'agit là d'un terrible problème pour une personne ordinaire, sans aucun talent spécifique pour s'occuper, particulièrement si elle n'a plus aucune racine dans le sol, les habitudes ou les conventions bien-aimées de la société traditionnelle. À en juger par le comportement et les exploits des classes aisées aujourd'hui dans n'importe quelle région du monde, les perspectives sont très déprimantes ! Car ils sont, pour ainsi dire, notre avant-garde – ceux qui explorent la terre promise pour nous et y établissent leur campement. Or, il me semble que bon nombre de ces gens, qui ont un revenu indépendant mais n'entretiennent ni liens, ni devoirs, ni solidarité, ont lamentablement échoué devant le problème qui leur a été posé.

Je suis certain qu'avec un peu plus d'expérience, nous devrions utiliser la récente générosité de la nature d'une façon assez différente de celle que les riches emploient aujourd'hui, et nous établirions un plan de vie pour nous-mêmes assez différent du leur.

Pour de nombreuses années à venir, le vieil Adam sera si fort en nous que tout le monde aura besoin de travailler pour être satisfait. Nous devrions faire plus de choses pour nous-mêmes que les riches d'aujourd'hui n'en ont l'habitude, trop ravis de n'avoir que de petits devoirs et tâches habituelles. Mais au-delà de cela, nous devrions essayer de répartir notre pain en tartinant de beurre des tranches aussi fines que possible, et partager au maximum le travail qu'il reste à faire. Une journée de trois heures de travail ou une semaine de quinze heures devrait repousser le problème pour un long moment ; car trois heures par jour sont suffisantes pour satisfaire le vieil Adam chez la plupart d'entre nous !

Il y a également des changements dans d'autres sphères que nous devons nous attendre à voir arriver. Lorsque l'accumulation de richesses ne sera plus d'une haute importance sociale, il y aura de grands changements dans le code moral. Nous devrions être capables de nous débarrasser de bon nombre de principes pseudo-moraux qui nous ont tourmentés pendant deux cents ans, par lesquels nous avons placé parmi les plus répugnantes des qualités humaines au statut des plus hautes vertus. Nous devrions être capables de nous permettre d'oser estimer la motivation de l'argent à sa réelle valeur. L'amour de l'argent comme une possession – à distinguer de l'amour de l'argent comme un moyen de profiter et de faire face aux réalités de la vie – sera reconnu pour ce qu'il est : une morbidité quelque peu dégoûtante, l'une de ces propensions mi-criminelle, mi-pathologique, que l'on remet aux spécialistes des maladies mentales en tremblant. Nous devrions au moins être libres de rejeter toutes sortes de coutumes sociales et pratiques économiques qui affectent la répartition des richesses et des récompenses et les pénalités économiques, que nous maintenons maintenant à tout prix, aussi répugnantes et injustes soient-elles, car elles sont terriblement utiles pour promouvoir l'accumulation du capital.

Bien entendu, il y aura toujours nombre de personnes avec une finalité intense et insatisfaite qui poursuivront aveuglément la richesse, à moins qu'elles trouvent quelque substitut plausible. Mais nous autres ne serons plus soumis à une quelconque obligation d'applaudir et de les encourager, car nous devrons nous enquérir avec plus de curiosité qu'il n'est prudent de le faire aujourd'hui du véritable caractère de cette « finalité » dont la Nature a doté la majorité d'entre nous à différents degrés ; car la finalité signifie que nous sommes plus préoccupés par les résultats de nos actions très loin dans le futur plutôt que par leur propre qualité ou leurs effets immédiats sur notre environnement. L'homme « intentionnel » essaie toujours de sécuriser une fausse immortalité illusoire de ses actes en poussant son intérêt pour eux dans le temps. Il n'aime pas son chat, mais les chatons de son chat ; ni, à vrai dire, les chatons, mais les chatons des chatons, et ainsi de suite jusqu'à la fin de l'ère des chats. Pour lui, la confiture n'en est pas, à moins qu'il s'agisse de confiture pour demain et non pour aujourd'hui. Ainsi, en poussant sa confiture toujours plus loin dans le futur, il cherche à assurer l'immortalité de son acte confiturier.

Laissez-moi vous rappeler le Professeur dans *Sylvie et Bruno* :

— Ce n'est que votre tailleur, Monsieur, avec votre petite facture, dit une douce voix de l'autre côté de la porte.

— Ah, bien, je vais régler cette affaire rapidement, donnez-moi une minute, prononça le Professeur aux enfants. Combien cela va me coûter, cette année, mon brave ?

Le tailleur était entré dans la pièce pendant qu'il parlait.

— Eh bien, ça a doublé pendant tant d'années, vous comprenez, répondit le tailleur, un peu grognon. Et je crois que j'aimerais avoir cet argent maintenant. C'est 2 000 livres, voilà !

— Oh, ce n'est rien ! remarqua le Professeur avec insouciance, fouillant sa poche, comme s'il avait une telle somme sur lui. Mais ne voudriez-vous pas attendre une année de plus et faire

monter le prix à 4 000 ? Imaginez comme vous seriez riche !
Même, vous pourriez être roi, si vous le vouliez !

— Je ne sais pas si j'aimerais être roi, répondit l'homme, perdu
dans ses pensées. Mais cela me semble représenter un bon paquet
d'argent ! Eh bien, je pense que je vais attendre…

— Bien sûr que vous allez attendre ! s'exclama le Professeur.
Je vois que vous êtes plein de sagesse. Bonne journée à vous,
mon brave !

— Devrez-vous un jour lui payer ces 4 000 livres ? demanda
Sylvie lorsque la porte se referma sur le créancier qui partait.

— Jamais, mon enfant ! répondit le Professeur avec insis-
tance. Il doublera le prix jusqu'à ce qu'il meure. Voyez-vous, cela
vaut toujours le coup d'attendre une autre année pour gagner
deux fois plus d'argent !

Ce n'est peut-être pas un accident que l'espèce qui a fait son
possible pour apporter la promesse de l'immortalité dans le cœur
et l'essence de nos religions ait également fait son possible pour
le principe d'intérêt composé et aime particulièrement la plus in-
tentionnelle des institutions humaines.

De ce fait, je nous vois libres de retourner aux principes les plus
sûrs et certains de la religion et de la vertu traditionnelle : que l'avarice est un vice, que l'extorsion de l'usure est une infraction, et que
l'amour de l'argent est détestable, que ceux-là marchent plus au-
thentiquement sur les chemins de la vertu et de la sagesse saine qui
n'accordent que peu d'importance aux lendemains.

Nous devons encore une fois accorder plus d'importance à la
fin qu'aux moyens et préférer ce qui est bon à ce qui est utile.
Nous devons honorer ceux qui nous apprennent comment bien
organiser nos heures et notre journée de façon vertueuse, les gens
charmants qui sont capables de retirer directement du plaisir dans
chaque chose, les lys des champs qui ne tissent ni ne filent.

Mais attention ! Ce temps-là n'est pas encore arrivé. Pendant
encore au moins cent ans de plus, nous devons prétendre, auprès
des autres et de nous-mêmes, que le beau est horrible et que l'horrible est beau ; car l'horrible est utile et pas le beau. L'avarice,

l'usure et la prudence doivent rester nos dieux pour quelque temps encore, car elles sont les seules à pouvoir nous conduire au bout du tunnel de la nécessité économique, pour entrevoir la lumière.

J'attends donc avec impatience, dans un futur pas si lointain que cela, le plus grand changement qui ait jamais eu lieu dans l'environnement matériel de la vie des êtres humains dans leur ensemble. Mais, bien entendu, tout cela se produira progressivement, pas comme une catastrophe. En effet, ce changement a déjà commencé. Le cours des choses induira simplement qu'il y aura des classes et des groupes de personnes toujours plus grands dont les problèmes de nécessité d'économie ont été pratiquement éliminés. On se rendra compte de cette différence cruciale lorsque cette condition sera devenue si générale que la nature du devoir qu'une personne a envers son voisin sera changée, car il restera raisonnable d'être économiquement intentionnel pour les autres après avoir cessé d'être raisonnable pour soi-même.

La vitesse à laquelle nous pouvons atteindre notre destination de bonheur économique sera déterminée par quatre choses : notre pouvoir de contrôler la population, notre détermination à éviter les guerres et les dissensions civiles, notre volonté de confier à la science la direction de ces sujets qui relèvent convenablement de la science, et le taux d'accumulation fixé par la marge entre notre production et notre consommation. Cette dernière condition sera capable de s'assurer elle-même, si les trois premières sont réunies.

En attendant, on ne court aucun risque à élaborer quelques légères préparations pour notre destinée, en encourageant et expérimentant autant les arts de la vie que les activités visées.

Mais, surtout, ne nous laissons pas surestimer l'importance du problème économique ou sacrifier à ses supposées nécessités d'autres choses d'une importance bien plus grande et permanente. Cela devrait être un sujet à soumettre à des spécialistes — comme la dentisterie. Si les économistes arrivaient à ce que les autres les voient comme des personnes humbles et compétentes, au même niveau que les dentistes, ce serait merveilleux !

Disponible dans la collection

Les Atemporels

— **Le Roi du monde** de René Guénon
Préfacé par Pénélope Morin

— **1984** de George Orwell
Préfacé par Jean-David Haddad
Traduit par Clémentine Vacherie

— **La ferme des animaux** de George Orwell
Préfacé et traduit par Aïssatou Thiam

— **Psychologie des foules** de Gustave Le Bon
Préfacé par Benoist Rousseau

— **Le livre des esprits**
Préfacé par Yoann Laurent-Rouault

— **Le livre des médiums** d'Allan Kardec
Préfacé par Amélie Galiay

— **Les paradis artificiels** de Charles Baudelaire
Préfacé par Yoann Laurent-Rouault

— **La crise du monde moderne** de René Guénon
Préfacé par Jean-David Haddad

Suivez **JDH Éditions** sur les réseaux sociaux
pour en savoir plus sur les auteurs, les nouveautés, les projets…

Découvrez notre boutique en ligne sur
www.jdheditions.fr